MA LIGNE DROITE

OU

LE VRAI CHEMIN DU SALUT

POUR LE PEUPLE,

Par M. CABET.

(DEUX FEUILLES IN-8°). — PRIX : 30 c.

La 2ᵐᵉ feuille paraîtra le 29 septembre.

PARIS,

Chez PRÉVOT, rue Bourbon-Villeneuve, 61,
ROUANNET, rue Verdelet, 4,
PILOUT et Cie, rue de la Monnaie, 22.

—

SEPTEMBRE 1841.

Sommaire.

Explications préliminaires. — Divisions ; hostilités. — Sympathies.
— Je suis un homme de dévouement : démonstration. — Ma ligne
droite. — Je dirai la vérité. — J'exposerai mes opinions. — Suis-je
révolutionnaire ? — Mes opinions sur les choses ; sur les bastilles ;
sur le recensement et l'impôt ; sur la nécessité de l'union ; sur la
discussion des questions sociales ; sur la Communauté ; sur la Ré-
forme et ses Comités ; sur l'emploi des pétitions ; sur les banquets ;
sur les sociétés secrètes ; sur la propagande, etc.. etc. — Mes opi-
nions sur les ouvrages (de l'abbé Constant, de l'abbé Pil ot, de
M. Lamennais) et sur les journaux (le National, *le* Journal du
Peuple, *l'*Atelier, *la* Fraternité, *le* Travail, *l'*Humanitaire, *le* Com-
munautaire). *— Mes opinions sur les personnes. — Le vrai chemin*
du salut pour le Peuple. — Ce qu'il doit éviter. — Ce qu'il doit
faire.

MA LIGNE DROITE

ou

LE VRAI CHEMIN DU SALUT

POUR LE PEUPLE,

Lettre à **JULES**, jeune ouvrier.

Eh bien! Monsieur Jules, vous vous oubliez jusqu'à vous permettre de décider que c'est moi qui ai tort, parce que vous n'êtes pas de mon avis sur une question, ou sur un ouvrage, ou sur un homme! Vous vous croyez infaillible! Vous tranchez, taillez, rognez, jugez, blâmez, condamnez et faites la leçon!...

Mais il me semble te voir d'ici pâlir et rougir... Rassure-toi, mon ami: c'est d'un de tes camarades que je veux parler. Il est vrai que tu ne crains pas toi-même de condamner mon opinion quand elle contrarie tes désirs: mais autant je suis sévère pour un Prêtre ou pour un Monsieur prétentieux, autant je suis tolérant pour un ouvrier, qui ne peut bien connaître la valeur des termes qu'il emploie, et dont les intentions valent mieux que les paroles. Je suis loin d'être blessé de ta hardiesse, parce que je ne doute pas de ton attachement, comme tu ne peux pas douter de mon amitié. Je vois même avec plaisir que tu exprimes tes idées avec la liberté qui convient à un homme, et je t'engage à me communiquer toujours librement tes opinions et tes sentiments: mais d'autres sont d'une hostilité vraiment incroyable! — D'un côté, le Pouvoir et ses journaux, tous ceux de l'ancienne Opposition, le *National* à leur tête et l'*Atelier* à sa suite, la *Phalange* même, se réunissent contre les Communistes et les poursuivent de leur réprobation, de leurs outrages et de leurs calomnies. De l'autre côté, les quatre ou cinq feuilles Communistes récemment établies, au lieu de se réunir contre leurs communs adversaires, s'entravent et se paralysent dans une lutte intestine, et, par les prétextes que quelques-unes fournissent aux ennemis de la Communauté, lui font plus de mal que ces ennemis eux-mêmes. — Et moi personnellement, tandis que je reçois chaque jour de nombreux témoignages de sympathie, je suis aussi l'objet de beaucoup d'attaques personnelles, publiques ou secrètes. Peu d'hommes ont le triste honneur d'exciter autant d'hostilités, quoique peu d'hommes aussi aient dans l'âme moins de haine et plus d'amour pour ses semblables. Anti-Communistes, Citrà-Communistes, Ultrà-Communistes, semblent coalisés contre moi. Je reçois des lettres impertinentes, et d'autres qui, sans malveillance, interprètent mal mes intentions et dénaturent involontairement mes idées... Les uns m'attaquent sourdement comme un ambitieux et comme un flatteur du Peuple, ceux-ci comme trop révolutionnaire, ceux-là comme pas assez révolutionnaire, quelques-uns comme trop timide, quelques autres comme trop sévère et comme manquant de fraternité envers certains écrivains... Et pourquoi? Les Anti-Communistes, parce que je suis Communiste; les vaniteux et les ambitieux, parce que je les gêne; les Citrà-Communistes, parce que j'attaque les hommes qui sèment la division parmi les Communistes; les Ultrà-Communistes, parce que je veux la conservation du mariage et de la famille, et que je préfère l'instruction et la moralisation à la violence; beaucoup, parce que j'attaque l'abbé Constant et ses ouvrages, oui, parce que j'attaque un Prêtre qui dénonce et calomnie les Républicains et les Communistes et qui sert le Pouvoir et le Clergé, parce que j'attaque des ouvrages qui me paraissent funestes ou dangereux....!

Du reste, quand de longues études et de longues méditations dans la retraite m'ont convaincu de l'excellence et de la supériorité du système de la Communauté sur tous les autres systèmes d'organisation sociale et politique, et quand j'ai pris la résolution de consacrer ma vie à la propagation de ce système, j'ai bien prévu que je me ferais d'innombrables ennemis; que j'aurais à lutter contre le Pouvoir, sa Police, ses journaux, et tous les écrivains soit de l'ancienne opposition soit des autres partis socialistes; que la masse des Réformistes ou des Républicains ou des Démocrates serait d'abord plus hostile à la Communauté que le Pouvoir lui-même; et que les Ultrà-Communistes seraient encore les plus ardents dans leur opposition et peut-être dans leur hostilité. — Quelque fâcheuse que fût cette opposition ou cette hostilité, elle était naturelle, possible, probable, prévue.

Sans doute, tant de contrariétés et tant d'obstacles, tant de haines et tant d'hostilités, en retour de tant de dévouement, seraient bien propres à rebuter, à dégoûter, à décourager. Mais mon ardeur se soutient et se fortifie quand je reçois tant de preuves que mes efforts ne sont pas entièrement infructueux; quand un des plus éclairés et des plus vénérables parmi les vainqueurs de la bastille vient me dire qu'il mourra content après avoir lu mon *Histoire populaire* de la Révolution française; quand un vieux ouvrier, presque octogénaire, que je ne connaissais pas, fait trente lieues pour avoir, dit-il, la satisfaction de voir, avant de mourir, un homme qui consacre sa plume à défendre les intérêts du travailleur et du pauvre; quand une jeune fille du peuple m'écrit que, depuis qu'elle a lu le *Voyage en Icarie*, l'espérance est rentrée dans son âme flétrie et désespérée; quand un jeune ouvrier me confie que l'affreuse organisation de la société allait faire de lui un *Lacénaire* ou un *Tragine*, lorsque la lecture d'un de mes nouveaux écrits a fait rentrer dans son cœur ulcéré l'espoir, le courage et la vertu, en lui démontrant que cet horrible désordre social qu'il croyait irrémédiable n'était pas sans aucun remède.

Et, comme mon entreprise est une œuvre de conviction et de dévouement, ni les injures et les calomnies, ni les obstacles et les dangers ne me feront reculer tant que j'aurai l'espérance d'être utile ; et je suis résolu à continuer de suivre *ma ligne droite* et d'exprimer franchement et plus nettement encore ma pensée, sur les hommes comme sur les choses, bien convaincu que c'est le seul moyen de faire triompher la cause de l'Humanité.

Nous nous trouvons, d'ailleurs, dans une de ces grandes crises qui décident du sort des Peuples ; et jamais peut-être il ne fut plus nécessaires que quelqu'un se dévouât pour dire la vérité.

Je vais essayer de la dire, nettement, franchement, sans réticence et sans ménagement.

Mais auparavant, quoique tes camarades et toi, mon cher Jules, vous deviez bien me connaître, comme il paraît que vous ne me connaissez pas encore assez bien, j'éprouve le besoin de m'expliquer plus complétement avec vous et de vous ouvrir mon ame toute entière.

Je n'ignore pas que les malveillants et les rivaux crieront encore que je parle souvent de moi ; mais les hommes désintéressés comprendront qu'il m'est impossible de faire autrement, soit pour me défendre, soit pour faire bien apprécier mes opinions ; et la conscience qu'aucune vanité ne vient altérer la pureté de mon dévouement me suffit pour dédaigner d'injustes criailleries : je parlerai de moi comme je parlerais d'un autre.

Je vais donc d'abord bien établir avec toi que je suis un homme de dévouement : ensuite, j'en tirerai les conséquences.

JE SUIS UN HOMME DE DÉVOUEMENT.

On parle beaucoup de dévouement. Malheureusement, si beaucoup d'hommes se disent dévoués, peu le sont réellement ; et le Peuple s'est vu si souvent trompé que sa défiance est extrême et même excessive.

Que tels et tels, qui se disent dévoués, le soient véritablement ou ne le soient pas, vous avez tous, mon cher Jules, un grand intérêt à le savoir : c'est votre affaire de les bien examiner pour les bien juger ; c'est votre affaire de bien peser les garanties que chacun vous présente.

La principale garantie est dans le caractère et la moralité, dans les opinions et les mœurs, dans des goûts simples et modestes, dans des habitudes de frugalité, dans une longue vie de luttes, d'épreuves et de constance. Jamais la jeunesse ne peut offrir assez de véritables garanties, parce qu'on peut facilement dissimuler quelque temps, parce que le jeune homme ne peut avoir subi qu'un petit nombre de tentations et d'épreuves, parce que quelques résistances ne prouvent pas qu'on saurait résister à d'autres séductions plus puissantes, parce qu'on a vu beaucoup d'hommes longtemps fidèles se laisser enfin corrompre et finir par être renégats, parjures et traîtres.

Je me dis dévoué. Certes, il n'est pas impossible que, comme tant d'autres, je trompe ou que je me trompe. Mais personne ne peut disconvenir qu'il est possible aussi que je dise vrai. Suis-je ou ne suis-je pas réellement dévoué, voilà pour vous la question. Et mon existence

de 53 ans est assez longue et assez connue, je combats depuis assez longtemps (depuis 26 ans) à l'avant-garde ou sur la brèche, ma vie a été assez
souvent *épluchée* par des ennemis politiques, j'ai assez souvent subi la
redoutable épreuve de la haine du Pouvoir et de la calomnie, pour que
chacun puisse voir et juger si mon dévouement est sincère ou simulé...
Encore une fois, c'est votre affaire. — Pour moi, je le répète hardiment,
je suis un homme de dévouement.

Je puis le dire sans immodestie, par conséquent sans scrupule, parce
qu'il n'y a aucun mérite dans ce dévouement. — Il n'y a aucun mérite,
parce que c'est ma nature, mon tempérament, mon caractère, l'habitude
de mes pensées, de mes opinions, de mes sentiments, depuis que j'ai
commencé à me sentir et à me connaître.

Fils d'un ouvrier, d'abord ouvrier moi-même pendant les premières
années de mon enfance, toutes mes études, toutes mes réflexions, toute
mon activité, tous mes efforts, ont eu constamment pour but le bien
général du Peuple et de l'Humanité.

La *fraternité* n'est point un vain mot pour moi, mais une sorte de
religion. Assurément, je m'intéresse plus à la masse, à la majorité,
aux pauvres, aux malheureux, aux opprimés ; et je me résignerais à
tout ce qui serait indispensable pour mettre un terme à leur misère et
à leur oppression ; mais je ne connais ni la haine ni la vengeance ; je
suis l'ennemi de la mauvaise organisation sociale plus que des hommes,
parce que tous leurs vices sont à mes yeux l'inévitable résultat de cette
mauvaise organisation sociale ; je voudrais le bonheur de tous sans ex-
ception ; je ne voudrais voir aucun malheureux, aucun opprimé ; je ne
voudrais pas voir une nouvelle oppression remplacer l'oppression actuelle, ni un nouveau malheur remplacer l'ancien malheur ; je voudrais
faire cesser l'oppression et la misère et non les déplacer ; je ne trouve
rien de plus injuste, de plus insensé, de plus funeste à l'intérêt du Peuple que ce propos : — « Il y a assez longtemps que vous nous dépouillez,
nous exploitez et nous opprimez ; c'est maintenant notre tour. » — A
mes yeux, il ne doit y avoir d'autre tour que celui de la justice et de la
fraternité, parce que l'injustice et l'oppression contre une classe au lieu
d'une autre classe produirait toujours tout le mal que nous déplorons
maintenant, la haine et la guerre. Dévoué aujourd'hui aux opprimés
contre les oppresseurs, si demain les situations étaient seulement
échangées, je serais pour les nouveaux opprimés contre les nouveaux
oppresseurs.

Et cependant, plus j'ai de fraternité pour le Peuple aujourd'hui, plus
je suis décidé à combattre tous ceux qui font obstacle à sa délivrance,
ennemis déclarés ou perfides, simples adversaires, amis insensés ou
téméraires ; car, quand le Peuple est perdu ou compromis, que lui importe que ce soit par la méchanceté d'un ennemi ou par l'imprudence
d'un ami ? Les individus ne sont donc plus rien à mes yeux, quand il
s'agit de l'intérêt de tous.

Je ne suis pas ambitieux ; car l'ambitieux est égoïste ; et je me dis un homme dévoué.

L'habitude de méditer sur les intérêts généraux m'a fait prendre en dédain la fortune, les plaisirs ordinaires, le pouvoir et la flatterie.

Si j'avais désiré de la fortune, du pouvoir, des honneurs, j'en aurais ; mais la fortune, les honneurs, le pouvoir, ne sont des biens que pour l'égoïste, et je suis un homme de dévoûment ; je les ai dédaignés.

L'étude, la retraite, la vie de famille, sont mes seuls plaisirs : Ce n'est pas moi qu'on voit dans les spectacles, dans les concerts, dans les fêtes, dans les dîners, dans les salons.

Encore une fois, je n'ai aucun mérite en tout cela, et je puis en parler sans vanité, puisque rien de tout cela n'est un bien pour moi et n'exige un sacrifice de ma part.

Comment la flatterie aurait-elle du prix à mes yeux, puisque je recherche la solitude ? On ne me voit ni dans les banquets publics, ni dans les convois funèbres, ni parmi les ouvriers. Je suis loin d'être insensible à l'approbation des gens que j'aime ou que j'estime pour leurs lumières ou leur honnêteté ; bien que je ne cède jamais qu'à l'autorité de ce qui me paraît la Raison, je me sens plus fort et plus assuré quand mon opinion est partagée ; mais rien ne me semble plus puéril, plus ridicule, plus méprisable pour un cœur qu'enflamme l'amour de l'Humanité, que la flatterie des ignorants ou l'adulation intéressée et vile des courtisans et des valets. La seule flatterie qui puisse me plaire, c'est celle du juge que j'estime le plus et qui s'est toujours montré le plus sévère pour moi, celle de ma propre conscience.

Le pouvoir est sans aucun charme pour mon esprit. Tout ce qui, dans le commandement, chatouille ordinairement la vanité, l'amour-propre, l'orgueil, est sans aucun prix à mes yeux ; je connais tous les dangers, toutes les épines, tous les soucis de l'autorité ; je considère comme des ignorants et des fous tous ceux qui soupirent après la puissance ; je suis convaincu, par l'histoire, qu'une mort violente est presque toujours le sort des principaux dépositaires de l'autorité publique dans les temps de révolution.

Quoique sensible à l'affection qu'on peut avoir pour moi, je n'ambitionne pas la *reconnaissance* de ceux à qui je me dévoue ; car alors ce serait de ma part de l'égoïsme, et je prétends avoir du dévouement.

D'ailleurs, je reconnais n'avoir aucun droit à la reconnaissance des individus ; car ce n'est pour aucun de vous que je me dévoue, mais pour la masse, pour le Peuple, pour la cause de l'Humanité ; et je me dévoue par instinct, par inclination, par un irrésistible entraînement, pour me satisfaire moi-même.

D'ailleurs encore, assez âgé, et mêlé à des affaires assez nombreuses et assez grandes pour avoir pu apprendre à connaître les hommes et les choses, je ne me fais aucune espèce d'illusion ; et quand même je pourrais désirer votre reconnaissance, je n'y compterais nullement. Je suis bien que le Peuple n'a jamais l'intention d'être ingrat et injuste (et ce serait folie de sa part ; car son intérêt est d'être tout le contraire envers ses serviteurs, pour encourager à le servir) ; je connais beaucoup de tes camarades dont l'attachement et le dévoûment même sont, comme les tiens, capables de faire oublier bien des injures et des calomnies ; mais je sais parfaitement aussi que rien n'est si mobile, si incertain, si susceptible d'être égaré par des intrigants que le sentiment populaire ; et je n'ai jamais oublié ces paroles de l'*Ami du Peuple* :

« On nous accuse, Robespierre, Danton et moi , de vouloir former un Triumvirat.... *Robespierre !* Il n'a rien qui soit propre à un pareil rôle : il tremble à la seule vue d'une lame d'épée nue.... *Danton !* Il se plaît mieux sur une chaise percée que sur une chaise curule.... Quant à *moi*, je suppose que je réunisse quelques qualités nécessaires pour cela : *pas si bête !* parce que le même Peuple qui m'aurait couonné le matin *me pendrait* le soir. »

Je ne me laisse donc pas séduire par le désir de la *popularité*. Sans doute, il est agréable d'inspirer de l'estime, de la confiance, de l'affection, quand ces sentiments sont éclairés et mérités ; sans doute aussi , la popularité est un moyen d'être utile ; sans doute encore, si le Peuple pouvait se réunir, se concerter, discuter, connaître la vérité, la popularité n'appartiendrait qu'à ceux qui la mériteraient par leur dévoûment et leurs services ; mais, dans l'organisation sociale actuelle, avec les préjugés qui dominent, qu'il est difficile d'acquérir de la popularité pour celui qui n'a pas une grande position dans la société ! Comment lutter contre le Pouvoir et sa Police, contre les ennemis et les rivaux politiques, contre les vaniteux, les ambitieux , les intrigants, qui se montrent partout, qui emploient tous les moyens, qui exagèrent et mentent, qui flattent et calomnient, qui prodiguent les promesses et exploitent les passions populaires ? Quoi de plus aveugle et de plus incertain que la popularité, quand le Peuple, fractionné, divisé, plongé dans les ténèbres, est exposé à prendre un ennemi pour ami, et un ami pour ennemi ? Quoi de plus mobile que la popularité, quand un jour, un mot, suffit pour la ravir ? Quoi de flatteur dans la popularité, quand on voit les ouvriers, généralement si antipathiques aux Prêtres, se jeter dans les bras des premiers venus, de deux jeunes Abbés presque inconnus , sans antécédents et sans garanties ? Comment un écrivain sensé peut-il être flatté de voir ses écrits recherchés par le Peuple, quand il voit le même empressement pour de mauvais ouvrages ?

Et mon dévoûment est bien raisonné, bien réfléchi , bien enraciné ; car, je le répète, je ne me fais aucune espèce d'illusion. Je crois bien connaître le Peuple, auquel je me dévoue plus particulièrement ; je connais ses DÉFAUTS comme ses *qualités*, ses VICES comme ses *vertus*. Si je connais beaucoup de travailleurs que j'aime, que j'estime, que j'admire, pour leur moralité, leur honnêteté, leur ardeur au travail, leur frugalité, leurs sentiments de fraternité et de justice , leur désintéressement et leur modestie, je n'ignore pas que, dans le Peuple comme dans toutes les autres classes, on trouve beaucoup d'individus avec tous les défauts

et tous les vices ; je connais même des ivrognes, des traîtres, des dénon-
ciateurs, des calomniateurs, des vaniteux, des ambitieux, des insolents,
des brouillons. Je les combattrai toujours pour les empêcher de nuire
à leurs frères. Le mal qu'ils font peut même exciter d'abord contre eux
un premier mouvement d'impatience, d'irritation et de dégoût ; mais la
réflexion arrive aussitôt ; je me rappelle que tous les vices sont le résultat de la mauvaise organisation sociale ; je m'étonne, non que le Peuple
ait tant de vices, mais qu'il n'en ait pas davantage et qu'il y joigne tant
de vertus ; et la Raison me ramène à cette idée capitale et fondamentale
que, si le Peuple était parfait et heureux, il n'aurait besoin du dévoûment de personne , et que c'est précisément parce qu'il est vicieux et
malheureux qu'il faut se dévouer à lui pour obtenir une nouvelle organisation sociale qui le rende plus parfait et plus heureux ; par conséquent, plus je vois d'imperfections dans les individus, plus mon dévoûment redouble d'ardeur, d'enthousiasme et d'énergie.

Ce dévouement, m'a-t-on dit, est une folie! — Je ne discute pas cette
question ; je ne veux pas descendre dans ses profondeurs : mais l'amour
de l'argent, des honneurs, du pouvoir, des plaisirs, de la renommée,
de la gloire, n'est-il pas plutôt une folie ? Si c'est une folie, n'est-ce pas
celle de Régulus, de Socrate, de Jésus-Christ? N'est-ce pas la plus
digne de l'homme, la plus utile à l'Humanité? Et comment pourrait-on
appeler le dévouement une folie, s'il donne à l'âme plus de liberté, plus
d'indépendance , plus de satisfaction et plus de jouissance que ne peut
en donner aucune autre passion ?

Je suis donc un homme de dévouement, sans aucune espèce d'ambi-
tion ; je n'ai pas même celle d'avoir du pouvoir pour être plus utile, parce
que je suis profondément convaincu qu'on ne peut rien quand on n'a
pas une grande fortune, ou une grande naissance, ou de grandes rela-
tions de famille, ou une grande notabilité.

Et ce ne serait pas l'idée du péril qui m'épouvanterait ; car depuis
longtemps je suis entré dans une carrière périlleuse ; dix fois j'ai risqué
ma tête sous la Restauration ; en 1832, j'aurais été fusillé, quoiqu'inno-
cent, pendant l'état de siége, si je m'étais laissé prendre ; et l'avenir est
si gros de tempêtes et de combats qu'il n'est pas un des soldats de la
cause humanitaire qui se placent en ligne aux premiers rangs qui ne
doivent faire d'avance le sacrifice de sa vie.

Mais la seule manière d'utiliser mon dévouement, c'est d'écrire pour
le Peuple, c'est de communiquer, à mes risques et périls, les idées qui
sont le résultat d'une longue étude, de longues veilles, de longues méditations, et d'une assez longue expérience.

Et quand je pense à concilier mon agrément personnel avec mon dévouement, mon seul désir est, comme je te l'ai dit plusieurs fois, de
pouvoir vivre à la campagne, dans la solitude, au grand air, au milieu
de la verdure et des fleurs, et d'y consacrer le reste de mes jours à
écrire, pour soumettre à mes concitoyens ce que je crois la vérité.

Je ne suis entré dans tant de détails, mon cher Jules, que pour vous convaincre, toi et tes camarades, que je me suis placé dans la plus complète indépendance vis-à-vis les partis, les coteries et les individus, et que je ne connais d'autre intérêt que l'intérêt du Peuple et de l'Humanité, ni d'autres guides que mon dévouement, ma conviction et ma conscience. —Cela posé et bien entendu, voici *ma ligne droite*.

MA LIGNE DROITE.

Depuis que j'écris sur la politique, j'ai pris pour devise tantôt : *Vitam impendere vero*, CONSACRER SA VIE A LA VÉRITÉ; tantôt : *Amicus Plato, sed magis amica Veritas*, J'AIME PLATON, MAIS J'AIME PLUS ENCORE LA VÉRITÉ. — Toujours fidèle à cette double devise, je veux toujours dire *la vérité*, ou du moins ce que je crois la vérité, la vérité *utile*, la vérité sur les *choses*, sur les *ouvrages* et sur les *personnes*.

Et avant d'aller plus loin, je réponds tout de suite à tes objections.

« Si vous attaquez, me dis-tu, les écrivains ou leurs ouvrages, par exemple l'abbé Constant et ses écrits, vous vous ferez des ennemis d'eux et de leurs partisans. » — Je le sais, et j'en suis affligé; car je ne hais personne, et j'aimerais bien mieux être aimé que haï; mais je ne puis me dispenser de le faire, puisque je le crois utile et que je suis dévoué.

« Si vous heurtez des erreurs ou des préventions générales, vous pourrez perdre votre popularité et le fruit de tout votre dévouement; on oubliera tous les services que vous aurez rendus depuis vingt-cinq ans. » — Que m'importe, puisque je suis dévoué? Je ne serais pas dévoué, mais égoïste, si je considérais mon intérêt personnel, si, pour ne pas me nuire, je taisais une vérité nécessaire ou utile, si je flattais ou caressais, ou ménageais la prévention ou l'erreur. Si je suis convaincu que mes amis ou mes frères sont dans l'erreur et que cette erreur doit ou peut leur être funeste, ne veux-tu pas que je les avertisse, dans l'espérance de les sauver? Si je vois le péril qu'ils n'aperçoivent pas, me conseilles-tu de garder le silence dans la crainte de n'être pas écouté, de leur déplaire, et de me nuire à moi-même....?

« Mais si vous perdiez votre popularité, vous ne pourriez plus être utile.»—C'est autre chose ! J'en serais fâché sous ce rapport : mais qu'y faire ? A quoi servirait le dévoûment s'il respectait les erreurs funestes ou nuisibles ? N'est-ce pas précisément pour combattre ces erreurs et ces préventions que le dévoûment est nécessaire ? A quelle époque ma popularité me donnera-t-elle le moyen d'être utile, si je ne l'emploie pas aujourd'hui, pour être utile en combattant une prévention et une erreur que je crois dangereuses? Est-ce que l'utilité consiste à vous approuver et à vous applaudir quand vous êtes dans la bonne route? Est-ce que l'utilité n'est pas précisément de vous avertir quand vous entrez dans une mauvaise voie? Est-ce que, en vous avertissant, on n'a pas toujours l'espérance d'être écouté et suivi? Est-ce que, pour revenir à l'abbé Constant et à ses ouvrages, la réfutation que j'en ai faite N'A PAS CHANGÉ ou modifié les opinions d'un très grand nombre d'entre vous pour ne pas dire de tous, comme on a changé ou modifié les opinions sur les bastilles, et sur beaucoup d'hommes et beaucoup d'idées concernant la Communauté? Et si je m'expose à blesser sans convertir, n'est-ce pas un mal inévitable, un mal qui subsistera toujours, et qui devrait m'arrêter toujours, puisqu'on ne peut presque jamais être sûr d'avance de réussir et d'être écouté?

». Mais si vous vous trompez....! » — Oh! je sais bien que je ne suis pas infaillible, que je puis me tromper et entraîner dans l'erreur ou rencontrer une juste résistance; et si le Peuple pouvait se réunir, si l'on pouvait toujours avoir sur chaque question une discussion générale et contradictoire, je me bornerais toujours à développer mon opinion, et je me soumetrais toujours à la décision de la majorité, sans avoir jamais la ridicule prétention de soutenir que moi seul j'ai raison. Aussi, je suis toujours disposé à me laisser persuader, convaincre, convertir, et j'écoute toujours, j'examine toujours les opinions contraires à la mienne; sur les questions graves, je consulterais toujours s'il m'était toujours possible de consulter. Aussi encore, quand je réfute et quand j'attaque, je cite toujours les passages attaqués et j'y joins mes réflexions pour que chacun puisse comparer et juger en connaissance de cause; c'est une justice que mes adversaires les plus décidés ne peuvent me refuser. Mais, si cette considération, que je puis me tromper, devait m'imposer silence, je ne devrais donc jamais écrire ni parler....! Et d'ailleurs, si je ne suis pas infaillible, qui d'entre vous oserait se vanter de l'être lui-même? Cite-moi un seul de tes camarades, un seul ouvrier, un seul jeune écrivain qui, ait plus de certitude de ne pas se tromper? Est-ce l'abbé Constant, ou l'abbé Pillot, ou le rédacteur de la *Fraternité*, ou l'orateur de l'*Humanitaire*, ou chacun des écrivains de l'*Atelier* et du *Travail*, ou le tailleur Grimprel, ou le jeune Ferrand de 17 ans? Toi même, mon cher Jules, crois-tu posséder l'infaillibilité?

Je n'ai pas, moi, la ridicule vanité de me croire plus intelligent que qui que ce soit; mais qui d'entre vous a l'orgueil de se croire plus intelligent que d'autres? Je reconnais que, parmi vous, il peut y avoir des hommes qui, s'ils avaient les moyens et le temps de s'instruire, auraient une capacité supérieure; mais, je te le demande, l'homme le plus intelligent sait-il autre chose que ce qu'il a appris? N'ignore-il pas complètement ce qu'il n'a pas étudié? Ne devient-il pas tous les ans et tous les jours plus capable en vieillissant, en étudiant, en travaillant, en acquérant de l'instruction et de l'expérience? Le même individu n'est-il pas bien autrement capable à quarante ans qu'il ne l'était à vingt? Entre deux hommes également intelligents, celui qui a de l'instruction et de l'expérience n'est-il pas bien plus capable que celui qui n'en a pas?

Sur tout ce que je n'ai pas appris, j'avoue mon ignorance, et je n'en rougis pas le moindrement; sur chacun de vos métiers, je ne sais rien et chacun de vous serait mon maître ; aussi, je ne me permettrais pas de vous contredire sur ce sujet ; je vous consulterais là-dessus; je vous prendrais pour guides, comme je me confie à un pilote pour me sauver dans la tempête, comme je m'abandonne à mon médecin pour me guérir.

C'est notre intérêt à tous et à chacun de savoir qui nous devons consulter et suivre, si c'est nous ou un autre, et quel autre.... Quand ma montre est dérangée, je la donne à racommoder à un horloger, et je choisis celui qui me convient le mieux sous tous les rapports. Si je suis malade, je consulte un médecin, et je choisis celui qui a la réputation d'être le plus instruit, le plus expérimenté, le plus habile. Si j'avais un procès dont dépendît ma fortune ou ma vie, quoique avocat et docteur en droit je consulterais un ou plusieurs des meilleurs avocats, et quand même je serais d'un avis différent, je préférerais peut-être suivre leur opinion plutôt que la mienne. Si j'étais médecin et que j'eusse un enfant mourant, j'appellerais un ou plusieurs des meilleurs médecins, et si, après les avoir entendus, j'étais d'un avis contraire au leur, je conserverais mon opinion, parce qu'il ne dépend pas de nous de croire ou de ne pas croire ; mais si j'avais plus de confiance dans leur expérience que dans la mienne, je leur abandonnerais le salut de ce que j'aurais de plus cher au monde.

Vous faites de même, vous autres; vous vous garderiez bien de vous en rapporter à vous dans tout ce que vous ne connaissez pas, et vous vous adressez toujours à ceux que votre intérêt vous indique.

Vous faites de même encore en politique : vous êtes très hardis et très forts pour critiquer, blâmer, condamner ; mais quand le danger arrive, vous sentez le besoin de consulter, d'appeler à votre secours les hommes que vous croyez les plus instruits, les plus expérimentés, les plus prudents, les plus habiles. Qui consulteriez-vous alors?.... Serait-ce tel et tel que vous défendez, ou bien tel ou tel que vous attaquez?....

Ainsi, mon cher Jules, chacun son métier ! Et le plus difficile, crois-tu que ce soit le tien et celui de chacun de tes camarades? Crois-tu que la science sociale et politique ne soit pas mille fois plus compliquée, plus difficile?.... Tu te fâcheras si tu veux (et je suis bien sûr que tu n'auras pas la sottise de te fâcher, parce que tu sais bien que c'est par amitié pour toi que je te parle aussi franchement), mais je te dirai nettement que tu ignores presque complètement cette science, et que je la connais un peu mieux que toi, comme tu connais mieux que moi ton état. Et il n'y a pas plus de mérite à moi de connaître mon métier qu'à toi de connaître le tien, comme pas plus de honte à moi d'ignorer ton métier qu'à toi d'ignorer le mien. Tu serais ce que je suis si tu avais été à ma place, comme je serais ce que tu es si j'avais été à la tienne.

Et tu n'auras certainement pas la folie d'invoquer ici l'*égalité ;* car, puisque j'ai étudié cent fois et mille fois plus que toi la politique théorique et pratique, pour que tu la susses aussi bien que moi, il faudrait, non que tu me fusses *égal,* mais que tu me fusses cent fois et mille fois *supérieur*, ce que ton bon sens et ta modestie ne te permettent pas de penser un moment.

Allons, mon cher Jules, laisse-moi dire la vérité, sur les choses, sur les ouvrages et sur les personnes.

« Sur les personnes! t'écries-tu; mais prenez-garde ! beaucoup de mes camarades prétendent que c'est faire des *personnalités* et manquer à la *fraternité*.» — Sans doute, c'est de la personnalité; mais est-ce que ce ne sont pas les *personnes* qui nuisent? Est-ce que tout le monde ne fait pas continuellement de la personnalité? Est-ce que nous ne faisons pas tous de la personnalité quand nous attaquons MM. Thiers, Guizot, etc.? Est-ce qu'ils ne font pas de la personnalité, M. Lamennais et les Réformistes, quand ils attaquent les Communistes; les Communistes, quand ils attaquent les Réformistes et M. Lamennais; l'abbé Constant, quand il attaque les Républicains, etc.; *la Fraternité*, quand elle accuse le *Populaire* de manquer de convenance et de fraternité envers ce jeune Prêtre; *le Travail*, quand il me donne *tort* et me *blâme* pour le même objet? Si je savais que quelqu'un va perdre notre cause, est-ce qu'il ne faudrait pas le signaler, crainte de faire une personnalité?

Et la *fraternité*, est-ce qu'elle empêche aussi d'attaquer MM. Thiers, Guizot, et tous nos frères oppresseurs? A quoi servirait donc notre fraternité envers nos frères opprimés!

Du reste, dis à ceux de tes camarades qui sont toujours disposés à tout critiquer, à tout blâmer, qu'ils devraient écrire eux-mêmes, faire un journal, donner un modèle... On sait comment d'autres ont réussi!.. Ils seront, sans doute, à leur tour, plus habiles et plus heureux!

Pour moi, je puis cesser d'écrire, et je le ferais à l'instant si je croyais mon dévouement inutile; car, autant il est raisonnable et digne d'un homme de se dévouer utilement, autant il serait insensé de se dévouer sans utilité pour personne.

Je voudrais même ardemment qu'il existât un écrivain communiste plus capable de rallier les Communistes à Paris et en France: que je lui céderai la place avec plaisir! Que je serais heureux de voir un autre opérer le bien que je désire faire! Qu'il se présente, et je deviens à l'instant son plus zélé serviteur; j'épuise tous mes efforts pour vous engager tous à vous rallier à lui et à suivre sa direction, quand même elle ne serait pas parfaite, parce que vous ne trouverez jamais la perfection absolue, parce qu'il faut se contenter d'une perfection relative, parce que celui-là est le moins imparfait chez lequel on trouve le plus de qualités et le moins de défauts. En attendant qu'il s'en présente un, quelqu'insuffisant que je puisse être moi-même, je continuerai mon entreprise; mais, avec ta permission, je continuerai de dire franchement la vérité ou plutôt mon *opinion*.

Je dirai donc mon *opinion* sur tout, personnes et choses.

Du reste, inutile d'ajouter que je n'ai pas l'absurde prétention d'imposer à qui que ce soit mes opinions ni de demander qu'on me croie sur parole. Vous les approuverez ou vous les blâmerez ; vous adopterez celles qui vous paraîtront conformes à la raison et à votre intérêt ; vous repousserez les autres ; et vous pourrez les examiner toutes comme étant la pensée d'un ami dévoué ; je vous les soumets toutes.

Mais si vous êtes libres et indépendants envers moi, j'entends être également libre et indépendant envers vous. Que d'autres soient réduits à entrer dans des espèces de coalition pour se soutenir ; qu'ils se laissent entraîner par des coteries, dont ils ont besoin et qui leur dictent la loi ; qu'ils servent de trompette à des opinions qui ne sont pas les leurs ; je conçois cette triste nécessité pour des hommes plus présomptueux qu'influents et plus ambitieux que dévoués. Que d'autres se soient laissés entraîner par des cris et des accusations, par la crainte de passer pour lâches ou traîtres, je conçois encore cette affreuse nécessité pour des hommes qui n'avaient pas fait leurs preuves ou qui n'avaient que des antécédents suspects. Quant à moi, mon dévouement me laisse dans la plus parfaite indépendance. Si je n'avais pas été contrarié dans l'organisation du *Populaire*, et si j'avais eu le cautionnement nécessaire pour le faire paraître toutes les semaines, j'aurais réuni le plus grand nombre possible d'écrivains communistes, et nous aurions discuté toutes les questions de doctrine et de propagande ; je le ferai encore aussitôt que j'aurai le cautionnement. Mais, jusque là, je suivrai mes propres opinions. Si je n'ai pas la prétention de diriger personne, j'ai celle de ne me laisser mener, pousser, entraîner, par personne, pas plus par toi, mon cher ami, que par un autre, ni même par vous tous ; car, en fait d'instruction ou de prudence, les unités ne s'additionnent pas et le nombre n'y fait rien ; par exemple, cent mille géants aveugles ne voient pas ce qu'aperçoit l'enfant qui possède ses deux yeux, comme cent mille peintres ne font pas un médecin. A tort ou à raison, j'ai plus de confiance dans mon expérience que dans la vôtre ; et, dans quelle position que je puisse me trouver, tu peux être sûr que je me ferai tuer plutôt que de faire la moindre chose contre ma conviction et ma conscience.

Écoute maintenant *mes opinions* principales sur les choses, sur les ouvrages et sur les personnes. — Je commence par le reproche que me font quelques-uns de tes camarades de n'être pas *révolutionnaire*.

Ah ! je connais, mon cher ami, l'affreuse misère du Peuple ; personne n'en a l'âme plus déchirée ; personne n'est plus disposé à tous les sacrifices pour la faire cesser le plus tôt possible ; et si les heureux qui montrent tant d'indifférence connaissaient cette misère, il n'est pas douteux pour moi que beaucoup montreraient plus de justice et d'humanité. Je sais aussi combien l'irritation et l'impatience sont naturelles à ceux qui souffrent tant ; mais, je l'ai déclaré dans le *Voyage en Icarie*, je l'ai répété dans tous mes autres écrits, je le répète encore, je l'avoue, je le déclare, je suis *réformateur* plus que *révolutionnaire* ; je redoute et désapprouve la violence, l'émeute, la conspiration, l'attentat ; et sans t'expliquer tous les motifs de mon opinion, je te dirai qu'elle est fondée sur l'intérêt du Peuple lui-même. Les plus révolutionnaires

La 2me feuille, qui paraîtra le 29 septembre, devra être placée ici.

La *NEUVIEME LETTRE* d'un Communiste à un Réformiste, sur *l'Education* (retardée par indisposition et par la publication de la présente brochure, plus urgente), paraîtra vers le 2 octobre.

RÉCENTS OUVRAGES DE M. CABET :

HISTOIRE POPULAIRE de la Révolution Française, de 1789 à 1830,
4 vol. in-8°. . . . 18 fr.

CONTRE LES BASTILLES :

POINT DE BASTILLES ! . . . . 2 feuilles in-8°. . . 30 c.
M. THIERS mérite d'être mis en accusation. *idem*. 30 c.
LE NATIONAL nous perd par son aveuglement sur les Bastilles.
3 feuilles in-8°. . . 50 c.
L'EMBASTILLEMENT serait la ruine de Paris et de la France.
3 feuilles in-8°. . . 50 c.
DIALOGUE sur les Bastilles entre M. Thiers et un courtisan.
1 feuille in-8°. . . 15 c.

CONTRE LE NATIONAL :

LE NATIONAL traduit devant le tribunal de l'opinion publique par
M. Cabet, et M. Cabet se défendant contre le NATIONAL.
7 feuilles in-8°. . . 50 c.
PROCÈS de M. Cabet contre le *National*. 2 *idem*. 30 c.
NOUVELLE RÉPONSE de M. Cabet aux nouvelles attaques du *National*.
1 feuille in-8°. . . 15 c.

SUR LA COMMUNAUTÉ :

VOYAGE EN ICARIE. . . . . 2 vol. in-8°. . . . 6 fr. »
Comment je suis Communiste. . . . . 1 feuille in-8°. . . 15 c.
Credo Communiste. . . . . 1 *idem*. 15 c.
Prospectus du *Populaire*. . . . . »
LE POPULAIRE (journal) — chaque numéro. . . . . . . 25 c.
(6 Numéros ont paru.)
12 lettres d'un Communiste à un Réformiste (8 ont paru).
1|2 feuille in-8°. . . 10 c.

VIENT DE PARAITRE :

Réfutation des ouvrages de l'*Abbé Constant*. 2 feuilles in-8°. 30 c.

SOUS PRESSE :

Réfutation des articles du *National* sur la Communauté.

Paris. — Imp. de C. BAJAT, rue Montmartre, 131.